5-6 años

Disney · PIXAR

DEL REVÉS 2 (INSIDE OUT 2)

Cuaderno de VACACIONES

Escritura

Autoconocimiento

Emociones

Explorar el mundo

Papel certificado por el Forest Stewardship Council®

MIXTO
Papel
FSC® C117695

Penguin
Random House
Grupo Editorial

Primera edición: mayo de 2024
Primera reimpresión: junio de 2026

Travessera de Gràcia, 47-49. 08021 Barcelona

Printed in Spain – Impreso en España

ISBN: 978-84-19487-16-2
Depósito legal: B-4487-2024

Diseño y maquetación: MYR Servicios Editoriales, S.L.

Impreso en ÍNDICE, S.L.
(Barcelona)

DS 8 7 1 6 2

Información para familias y educadores

Vacaciones con Del Revés 2 es un cuaderno de actividades lleno de material divertido y práctico. Las actividades propuestas favorecen el desarrollo de las competencias básicas del currículo escolar. Todos los contenidos se tratan desde una perspectiva transversal. Es decir, cada actividad combina conocimientos de diversas áreas, valores, procedimientos y actitudes aspirando a una «educación para la vida».

Materiales: lápices de colores, pegatinas, pinturas de dedos, ceras de colores. El empleo de los materiales debe estar supervisado siempre por un adulto a fin de evitar un uso inadecuado y/o accidentes.

A los seis años, vuestro hijo desarrolla la etapa creativa, va mejorando sus aptitudes para recortar, seguir líneas, dibujar formas más precisas… Además, a esta edad, comienza a situarse en el tiempo, a asimilar hábitos y costumbres, a comunicarse mediante la palabra y, muy importante, a familiarizarse con lo que siente. Asimismo, perfecciona la grafomotricidad, agudiza su capacidad de observación, así como su análisis del entorno y de los diferentes espacios. Por ello, las actividades que se proponen en este cuaderno están clasificadas en cinco categorías:

Escritura Trazar letras y palabras, mayúsculas y minúsculas. Completar frases

Autoconocimiento Buscar, identificar diferencias y semejanzas.

Matemáticas Contar, sumas, restas, aproximación a la multiplicación y a la división. Series.

Explorar el mundo Describir y reflexionar. Observar y relacionar situaciones del entorno.

Emociones Aprender vocabulario para expresar sus emociones y, así, poder gestionarlas.

Las letras GR

1. Añade las letras **GR** y completa las palabras. Léelas en voz alta.

.... ANDE

TI .... E

.... UTA

GR DE ALEGRÍA

2. Escribe dos palabras más que tengan las letras **GR**.

....

Laberinto

3. Enséñale a Miedo el camino para llegar hasta Asco.

4. Dibuja aquí un alimento que no te guste y escribe su nombre.

....

Suma

5. Riley acaba de cumplir 13 años. ¿Cuántos años tiene más que tú? Pinta el círculo del número correcto.

9 8 6 7

6. Resuelve estas sumas lo más rápido que puedas.

3 + 7 + 4 + 2 = ...

8 + 3 + 7 + 5 = ...

6 + 1 + 9 + 2 = ...

Profesiones

7. Unos operarios han llegado sin avisar a la Central para hacer unas obras. Observa la imagen y contesta las preguntas.

¿Por qué los operarios llevan casco?

¿Ves alguna carretilla?

¿Cómo crees que se siente Alegría?

8. Rodea con un círculo los nombres de profesiones.

SUPERMERCADO

ELECTRICISTA

PANADERO

ENFERMERA

Las letras TR

9. Añade las letras **TR** y completa las palabras. Léelas en voz alta.

............UCO

RE............ATO

............EN

TR DE TRISTEZA

10. Colorea el recuadro de las palabras con las letras **TR**.

ESTRELLA

FRENTE

COFRE

TRAJE

11. Compara estas imágenes y busca las 5 diferencias. Pinta un círculo cada vez que encuentres una.

12. Elige la palabra que mejor define la expresión de Riley.

DISTRAÍDA

ATENTA

Series numéricas

13. Escribe los números que faltan en estas series.

.........27.........29 30 ....

42 ....44........ 46.........

58 59........ 61........63

14. Traza en color rojo los círculos de los números pares y en azul los de los impares.

1 2 3 4

5 6 7 8

Frutas y verduras

15. Escribe al lado de cada fruta o verdura el nombre de otra que sea del mismo color. ¿Te atreves? Fíjate en el ejemplo.

LECHUGA	ESPINACAS
LIMÓN	....
CEREZA	....
ZANAHORIA	....
PERA	....
TOMATE	....

Acompaña a tus padres a hacer la compra y fíjate en las frutas y verduras.

Las letras H y K

16. Añade las letras **H** y **K** y completa las palabras de forma correcta.

................OJA

................ÉTCHUP

H DE **H**IELO
K DE HOC**K**EY

17. Traza el nombre de este deporte.

HOCKEY SOBRE
HIELO

Tres en raya

18. Acaban de decirte que hoy no irás al parque. ¿Qué emoción te produce eso? Fíjate en el color de tu emoción. Busca el círculo correspondiente en el tablero y pinta dos círculos más para completar el tres en raya.

Formas

19. Lee los nombres de las figuras. Luego, traza las figuras en blanco y pinta las que corresponda según el modelo.

20. Escribe en la casilla correspondiente la respuesta a estas preguntas.

¿Cuántas figuras hay en total? ....

¿Cuántas figuras de más de 4 lados hay? ....

La habitación

21. Este es un rincón del cuarto de Riley. Observa la escena y contesta las preguntas.

Silla, mesa y sillón son nombres de... Di algunos más.

¿Qué está haciendo Riley?

¿Qué cosas ves que también estén en tu habitación?

22. Ordena estos fragmentos y escribe la frase.

Y SU JERSEY **RILEY HA CRECIDO**

LE QUEDA CORTO.

....

Las letras BR

23. Añade las letras **BR** y completa las palabras. Léelas en voz alta.

................OMA

ALFOM................A

................ÚJULA

BR DE BREE

24. Resuelve la adivinanza y escribe la respuesta.

Tengo hojas y no soy un árbol,
hablo y no tengo voz.
¿Sabes ya quién soy?

....

Enfadómetro

25. ¿Está Ira enfadado? Fíjate bien y une con una línea cada imagen con el nivel de enfado.

26. ¿Te enfadas a menudo? Piensa en la última vez que te enfadaste y dibuja una cara con el color de tu nivel de enfado.

27. Piensa en un día muy alegre para ti y haz un dibujo sobre ello.

¿Con quién estabas? ¿Dónde fuiste? ¿Qué hacías?

28. Entre estos colores, ¿cuáles asocias al sentimiento de tristeza? ¿Por qué?

Fíjate en los colores de la ropa que llevas. ¿Qué colores son?

Las letras RR

29. Añade las letras **RR** y completa las palabras. Léelas en voz alta.

ZO.............O

JA.............A

FE............OCA............IL

RR DE CORRER

30. ¿Cómo se escribe? Rodea la opción correcta.

Hace guau	PERO	PERRO	PERRRO
No es barato	CARRRO	CARRO	CARO

Palabra oculta

31. ¿Sabes qué son la alegría, el miedo, la ira, el asco o la tristeza? Sigue las instrucciones, copia las sílabas que encuentres en cada paso y lo descubrirás.

E	AN	TRE	MO
FRU	DAD	GRI	FLO
SIE	DO	NES	CIO

Instrucciones

- Desde la E, cuenta 3 hacia la derecha.
- Cuenta 2 hacia abajo.
- Cuenta 1 hacia la izquierda

32. Ansiedad está preocupada porque cree que nos hemos olvidado de ella. Pinta de color naranja las casillas con estas sílabas:

AN-SIE-DAD.

Resta

33. Cuenta los dibujos, resta el número que se indica y escribe el resultado.

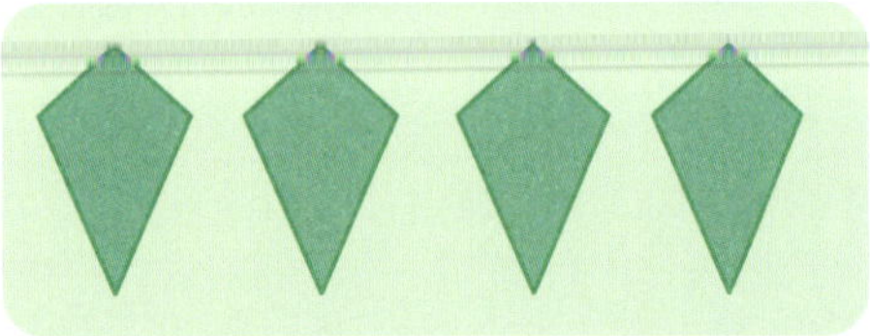

− 3 = ...

− 1 = ...

− 3 = ...

34. Añade los signos de suma y resta para que el resultado sea correcto.

8 ◯ 2 ◯ 1 = 7

3 ◯ 1 ◯ 2 = 2

Las estaciones del año

35. Lee las frases y pinta el dibujo correcto en cada caso: el copo de nieve si es invierno, el sol si es verano, la flor si es primavera y la hoja si es otoño.

EL CAMPO SE LLENA DE FLORES.

HACE CALOR Y APETECE IR A LA PLAYA.

EL SUELO SE LLENA DE HOJAS SECAS.

HACE FRÍO Y HAY QUE ABRIGARSE.

Las letras CH

36. Añade las letras **CH** y completa las palabras. Léelas en voz alta.

CO............E

CU............ARA

............I............ÓN

CH DE CHISTE

37. Ordena las sílabas y escribe la palabra. Dibújala.

RU CU CHO CU

....

Ordena las letras

38. Siempre quiere lo que tienen los demás. Tiene... Escribe las letras en el orden correcto y lo sabrás.

N I E D A V I

39. ¿Alguna vez te ha molestado que un amigo hiciera algo mejor que tú? Marca tu respuesta.

SÍ, A VECES.

NO, NUNCA.

Cuenta de dos en dos

40. Completa la línea que va del 10 al 30 contando de dos en dos. ¡Adelante!

Deportes

41. A Riley le encanta jugar al hockey sobre hielo. Es un deporte de equipo. Observa la imagen y contesta las preguntas.

¿Qué deporte te gusta practicar?

¿Qué otros juegos por equipos conoces?

¿De qué está hecha la pista en la que se juega?

¿Qué hacen los padres de Riley?

42. Lee estas palabras en voz alta y señálalas en la imagen.

PATINES

DISCO

CASCO

GUANTES

PALO

PÚBLICO

Las letras LL

43. Añade las letras **LL** y completa las palabras. Léelas en voz alta.

..............UVIA

CA.............E

ANI.............O

LL COMO EN CHILLAR

44. Es el nombre de un animal marino muy grande. ¿Sabes cómo se escribe? Marca la respuesta.

VALLENA	BALLENA	BALENA
○	○	○

Descubre la frase

45. Separa las palabras de esta frase y escríbela bien debajo.

AVECESMESIENTOTRISTE

46. Escribe el nombre de la emoción contraria a la tristeza y dibuja aquí algo que te la haga sentir.

Completa las figuras

47. A estas dos figuras les falta la mitad. Elige entre el grupo de formas las que las completan.

48. Escribe las letras que faltan en los nombres de estas figuras.

...............RADO

TRIÁN...............

...............ULO

Aficiones

49. ¿Cuál es tu afición, lo que haces siempre que puedes y te gusta mucho? Lee estas frases. Si está aquí, rodéala con una línea.

Montar en bicicleta.

Hacer puzles.

Leer cuentos.

Tocar música.

Hacer manualidades.

Volar cometas.

50. Imagina el sonido de estos instrumentos musicales. ¿Cuál te gusta más? Píntalo.

GUITARRA

PIANO

TROMPETA

Las letras BL

51. Añade las letras **BL** y completa las palabras. Léelas en voz alta.

..................OQUE

MUE..................E

............USA

BL DE BLOOFY

52. Pouchy ha encontrado todas estas palabras. Rodea con una línea las que contengan las letras **BL**.

BRILLO TABLA

PUEBLO LIBRO

BLANDO NUBE CABLE

Adivina quién

53. Aunque no le gusta mucho, uno de estos personajes ha tenido la idea de pedir ayuda. Sigue las pistas y adivina quién.

1 Tiene la boca abierta.
2 No lleva pañuelo rosa.
3 Sus manos están cerradas.

54. Mira las imágenes y escribe el nombre de Ira, Alegría o Asco junto a la frase que le corresponda.

Está que arde.

....

Está entusiasmada.

....

No me gusta.

....

55. ¿Hay algo que te enfada? Recuerda algún momento en el que te hayas enfadado y dibuja o escribe lo que se indica en cada espacio.

PIENSO

SIENTO

HAGO

56. Puede que cuando tienes miedo, te entren ganas de salir corriendo... Para calmarte, respira profundamente y dibuja lo primero que se te ocurra.

¿Cuál es la afición con la que más te relajas?

La letra Y

57. Añade la letra **Y** y completa las palabras. Léelas en voz alta.

A.........ER

PA.........ASO

.........EMA

Dibuja tu cara aquí.

Y DE YO

58. Lee en voz alta la palabra del recuadro. ¿Cómo suena en ella la letra Y? Señala la vocal correcta.

HOY

A E I O U

Sopa de letras

59. A algunas personas estas cosas les dan miedo. Busca sus nombres en la sopa de letras. ¿Qué te da miedo a ti?

X	D	A	E	V	N	M	L	U
S	F	H	I	O	Z	E	R	E
O	S	C	U	R	I	D	A	D
R	P	K	D	U	V	I	Y	I
R	J	Q	I	S	A	C	O	B
E	T	R	U	E	N	O	S	M
P	E	O	G	W	U	S	T	C

- OSCURIDAD
- TRUENOS
- RAYOS
- MÉDICOS
- PERROS

60. Resuelve este acertijo. Si te resulta difícil, dibuja la escena en una hoja aparte.

Cuatro gatos en un cuarto,
uno en cada rincón.
Cada gato ve tres gatos,
cuántos gatos son.

Calcula

61. Las Emociones han guardado 30 recuerdos en un almacén. Lee las frases y completa las operaciones. Sigue el ejemplo.

Alegría ha añadido 4 recuerdos.

30 + 4 = 34

Ira ha guardado 2 más.

30 + ... = ...

Ansiedad tenía 10 recuerdos y ha sacado 3.

10 - .... = ...

Envidia, en cambio, de 10 ha retirado 5.

10 - .... = ...

Los días de la semana

62. Lee en voz alta los días de la semana y, después, contesta las preguntas.

LUNES MARTES MIÉRCOLES JUEVES

VIERNES SÁBADO DOMINGO

¿Qué día es hoy? ....

Ayer fue ....

Mañana será ....

63. Consulta un calendario o pregunta en casa y escribe la fecha de hoy siguiendo el ejemplo.

16 de enero de 2024

.... de .... de 20 ....

La letra Q

64. Añade la letra **Q** y completa las palabras. Léelas en voz alta.

.........UESO

PAR.........UE

RA.........UETA

Q DE EQUIPO

65. En los equipos deportivos, cada jugador lleva un número en la camiseta. Escribe aquí el nombre de este número.

15 ....

Sombras

66. Fíjate en la imagen y dibuja un círculo alrededor de la sombra correcta.

67. Ansiedad siempre quiere que todo salga bien, pero no para de pensar en todo lo que podría ir mal. Necesita... Traza la palabra:

T R A N Q U I L I D A D

Identifica las formas

68. ¿Cuáles de estas formas tienen relación con los siguientes nombres?

- ◯ **TROZO DE PIZZA**
- ◯ **MEDIA LUNA**
- ◯ **LÁPIZ**
- ◯ **PUERTA**
- ◯ **SÁNDWICH**
- ◯ **CORAZÓN**

Quién hace qué

69. El equipo de Riley acaba de entrar en la pista. Une con una línea las palabras de la primera columna con las palabras de la segunda columna que estén relacionadas.

ENTRENADORA	DEFENDER
JUGADORA	PATINAR
PATINADORA	JUGAR
DEFENSA	ARBITRAR
ÁRBITRO	ENTRENAR

70. Cuando haces algo en equipo, ¿valoras la contribución de los demás? Marca tu respuesta.

Sí No

La letra Ñ

71. Añade la letra **Ñ** y completa las palabras. Léelas en voz alta.

Ñ DE PEQUEÑA

PI……A

MU……ECA

BA……O

72. Escribe una frase que incluya estas palabras:

NIÑO MONTAÑA CABAÑA

……………………………………………………………………………………

Sudoku

73. Completa este sudoku con los dibujos que faltan sin que se repitan en ninguna fila ni columna.

74. Traza la palabra y léela en voz alta. ¿Qué haces para combatirlo?

A B U R R I M I E N T O

Multiplica

75. ¿Conoces las reglas del hockey sobre hielo? Sigue leyendo, fíjate en la operación y realiza la actividad.

Se enfrentan 2 equipos y cada equipo tiene 6 jugadores. ¿Cuántos jugadores son?

2 x 6 = 12 jugadores

Por cada jugador escribe un número dentro de los círculos y, luego, cuéntalos todos.

Equipo 1

Equipo 2

La amistad

76. Riley, Bree y Grace son amigas. Van juntas a clase y juegan en el mismo equipo. Observa la imagen y contesta las preguntas.

¿Cómo dirías que se sienten?

Nombra los objetos que reconozcas.

¿Qué te gusta hacer con tus amigos?

¿Sabes qué están haciendo?

77. Escribe aquí tu nombre y el de tu mejor amiga o amigo.

Mayúsculas y minúsculas

78. Observa las palabras en minúscula de esta imagen. Fíjate en lo que señalan las flechas y escribe los nombres en mayúscula.

sofá SOFÁ

móvil ....

pelo ....

pie ....

79. Traza las palabras.

MAYÚSCULA

minúscula

Laberinto

80. Alegría tiene que atravesar este laberinto para llevar su esfera a la Central. Indícale el camino.

81. Piensa en los lugares por los que pasas cuando vuelves del colegio y escribe alguno aquí.

....

82. Cierra los ojos y piensa en un olor que te dé asco. Luego, haz un dibujo sobre ello.

Y ahora, también con los ojos cerrados, piensa en un aroma que te encante.

83. Dibújate aquí junto a tu personaje favorito de este cuaderno.

Si pudieras hablar con él, ¿qué le dirías?

Masculino y femenino

84. Las Emociones han pedido ayuda a Pouchy y este les ha dado varias cosas. Elige las palabras correctas guiándote por los colores… pero pon atención, porque hay palabras que sobran.

UN UNA TOMATE

NUEVO PETARDO

UN ROJO ROJA

VERDE RANA UNA

....

....

....

85. Completa la frase añadiendo **EL** o **LA**.

.... DISCO ENTRA EN .... PORTERÍA. ¡GOL!

86. Cierra los ojos y recorre con el dedo esta página. Párate y mira qué imagen señala tu dedo. Imítala haciendo lo que se indica.

SONRÍE

DI NO

JUNTA LAS MANOS

TÁPATE LOS OJOS

HAZTE UN OVILLO O ACURRÚCATE

Si quieres, puedes jugar con tus amigos. Podéis ampliar el juego como más os guste.

Coordenadas

87. En el almacén de la memoria se guardan toda clase de recuerdos. Fíjate en el ejemplo e indica dónde se encuentran estos.

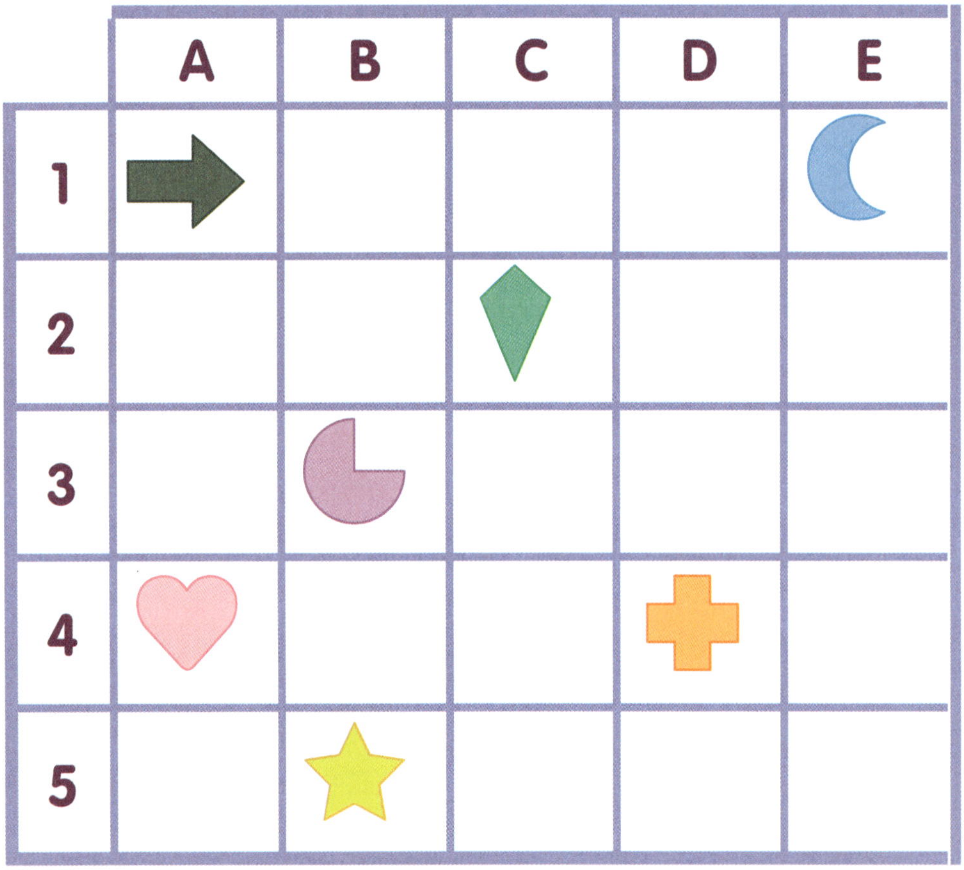

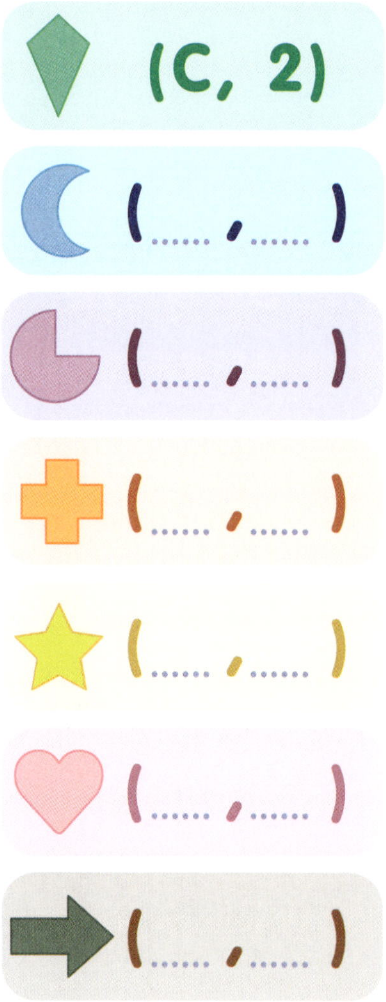

88. ¿Cuántos recuerdos hay en la columna D? ¿Y en la fila 4?

Columna D ....

Fila 4 ....

La escuela

89. El curso se ha acabado y el siguiente será muy diferente. ¿Cómo crees que se siente Riley? Lee las frases y dibuja al lado la cara con la expresión que te parezca más adecuada.

Riley ha aprobado el curso.

El año que viene irá a un nuevo colegio.

Sus amigas irán a otra escuela.

Se pregunta si podrá hacer nuevas amistades.

90. Ahora te toca a ti.

¿Te gusta tu escuela?

¿Te gustaría cambiar de colegio?

Singular y plural

91. Observa la imagen. Lee con mucha atención las frases y elige la palabra correcta en cada caso.

LAS EMOCIONES ESTÁN EN UN .... GIGANTE.

TARROS

TARRO

EL GUARDIÁN ES MUY ....

ALTO ALTOS

92. Escribe el plural.

LA ESTRELLA ....

EL CORAZÓN ....

Completa las series

93. Dibuja las figuras que completan cada serie.

94. Todos hemos sentido vergüenza alguna vez y nos hemos puesto colorados. ¿Te ha pasado a ti?

Sí ◯ **No** ◯

Divide

95. Juega a hacer grupos de 3 con estas 9 Emociones.
¿Cuántos grupos has formado?

HAY.......................... GRUPOS.

96. Contando de izquierda a derecha, ¿sabrías decir quién está en la tercera posición? ¿Y en la cuarta?

¿Dónde vives?

97. ¿Dónde vives? Pinta el círculo de verde si la frase es verdadera, de rojo si es falsa y de amarillo si no lo sabes.

- ◯ En un bloque de pisos.
- ◯ En una casa individual.
- ◯ En una calle muy larga.
- ◯ En una plaza con árboles.
- ◯ En tu calle hay tiendas.
- ◯ Vas caminando al cole.
- ◯ En un pueblo pequeño.
- ◯ En una ciudad grande.

98. Escribe aquí el nombre de la población donde vives.

....

Escribo

99. Rellena los espacios en blanco y escribe una carta que explique quién eres.

Hola.

Me llamo..

y tengo .... **años.**

Vivo con mi/s ....

Me gusta ....

....

No me gusta ....

....

El curso que viene empezaré ....

....

Nombre secreto

100. Riley la admira mucho. Descubre el nombre de esta jugadora escribiendo por orden la primera letra de cada una de estas palabras.

VOZ ARCO LUZ ELLA NUEZ

TUBO IDEA NIDO ARO

....

101. Mira con atención la imagen de la jugadora. ¿Qué crees que transmite? Marca la respuesta.

○ SEGURIDAD ○ DUDA

Abecedario

Aa	Bb	Cc	Dd
AMOR amor	BAILAR bailar	CUENTO cuento	DIBUJO dibujo
Ee	Ff	Gg	Hh
EMOCIÓN emoción	FELIZ feliz	GRACIOSO gracioso	HOCKEY hockey
Ii	Jj	Kk	Ll
IMAGINAR imaginar	JUEGO juego	KAYAK kayak	LEER leer
Mm	Nn	Ññ	Oo
MEMORIA memoria	NADAR nadar	SOÑAR soñar	OLVIDAR olvidar
Pp	Qq	Rr	Ss
PAZ paz	QUERER querer	REÍR reír	SENTIR sentir

Tt
TIMIDEZ
timidez

Uu
UNIÓN
unión

Vv
VALIENTE
valiente

Ww
WATERPOLO
waterpolo

Xx
XILÓFONO
xilófono

Yy
YO
yo

Zz
ZOO
zoo

Crea tu propio abecedario utilizando otras palabras de ejemplo. ¿Te atreves?

Trazar palabras

ALEGRÍA
Alegría

TRISTEZA
Tristeza

ANSIEDAD
Ansiedad

MIEDO
Miedo

IRA
Ira

ASCO

Asco

VERGÜENZA

Vergüenza

ENVIDIA

Envidia

ENNUI

Ennui

¿Cómo te sientes? Elige la emoción que mejor lo describa y escríbela.

....

Trazar palabras

LANCE
Lance

BLOOFY
Bloofy

POUCHY
Pouchy

¿Cuáles son tus personajes favoritos?

....

....

VALENTINA
Valentina

GRACE
Grace

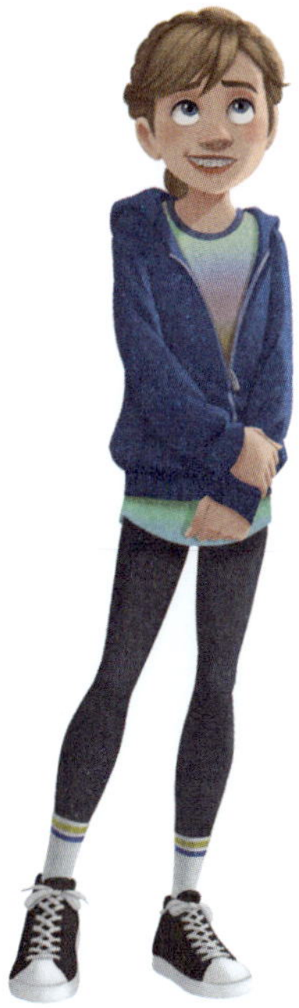

RILEY
Riley

BREE
Bree

Soluciones

Página 6:
1. GRANDE, TI**GR**E, **GR**UTA.

Página 7:

3. 

Página 8:

6. 3 + 7 + 4 + 2 = 16
8 + 3 + 7 + 5 = 23
6 + 1 + 9 + 2 = 18

Página 9:
8. Electricista, enfermera, panadero.

Página 10:
9. TRUCO, RE**TR**ATO, **TR**EN.

10. ESTRELLA
TRAJE

Página 11:
11. 

12. ATENTA

Página 12:
13. 26 27 28 29 30 31
42 43 44 45 46 47
58 59 60 61 62 63

14. 1 2 3 4
5 6 7 8

Página 14:
16. HOJA, **K**ÉTCHUP.

Página 16:
19. 

20. Hay 9 figuras en total. Hay 3 figuras de más de 4 lados.

Página 17:
22. RILEY HA CRECIDO Y SU JERSEY LE QUEDA CORTO.

Página 18:
23. BROMA, ALFROM**BR**A, **BR**ÚJULA.

24. LIBRO.

Página 19:
25. 
Muy enfadado — Nada enfadado — Un poco enfadado

Página 22:
29. ZO**RR**O, JA**RR**A, FE**RR**OCA**RR**IL.

30. Hace guau: PERRO / No es barato: CARO.

Página 23:
31.

E	AN	TRE	MO
FRU	DAD	GRI	FLO
SIE	DO	NES	CIO

Página 24:
33. 
− 3 = 1
− 1 = 2
− 3 = 3

34. 8 − 2 + 1 = 7
3 + 1 − 2 = 2

Página 25:
35. 

Página 26:
36. CO**CH**E, CU**CH**ARA, **CH**I**CH**ÓN. **37.** CUCURUCHO.

Página 27:
38. ENVIDIA.

Página 28:
40. 10-12-14-16-18-20-22-24-26-28-30.

Página 30:
43. LLUVIA, CA**LL**E, ANI**LL**O.
44. BALLENA.

Página 31:
45. A VECES ME SIENTO TRISTE.
46. ALEGRÍA.

Página 32:
47. 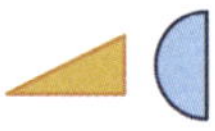

48. CUADRADO, TRIÁN**GULO**, **CÍRC**ULO.

Páginas 34-35:
51. BLOQUE, MUE**BL**E, **BL**USA.
52. PUEBLO, BLANDO, TABLA, CABLE.
53. IRA.

54. Está que arde - IRA; No me gusta - ASCO;
Está entusiasmada - ALEGRÍA.

Página 38:
57. AYER, PAYASO, YEMA.

58. Como la «l».

Página 39:
59.

X	D	A	E	V	N	M	L	U
S	F	H	I	O	Z	E	R	E
O	S	C	U	R	I	D	A	D
R	P	K	D	U	V	I	Y	I
R	J	Q	I	S	A	C	O	B
E	T	R	U	E	N	O	S	M
P	E	O	G	W	U	S	T	C

60. Cuatro gatos.

Página 40:
61. 30 + 2 = 32
10 - 3 = 7
10 - 5 = 5

Páginas 42-43:
64. **Q**UESO, PAR**Q**UE, RA**Q**UETA.
65. QUINCE.

66.

Páginas 44-45:
68.

69.
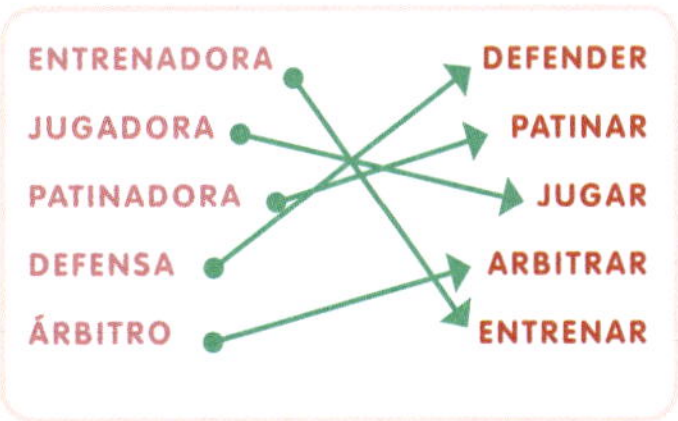

Páginas 46-47:
71. PI**Ñ**A, MU**Ñ**ECO, BA**Ñ**O.

73.

Página 48:
75.

12 jugadores en total.

Página 49:
76. Se están haciendo un selfi.

Página 51:
80.

Página 54:
84. UN TOMATE ROJO   UNA RANA VERDE
UN PETARDO NUEVO

85. EL DISCO ENTRA EN LA PORTERÍA. ¡GOL!

Página 56:
87.
(C, 2)
(E , 1)
(B , 3)
(D , 4)
(B , 5)
(A , 4)
(A , 1)

88. En la columna D hay 1 emoción / En la fila 4, dos.

Página 58:
91. LAS EMOCIONES ESTÁN EN **UN** TARRO GIGANTE /
EL GUARDIÁN ES MUY **ALTO**.

92. LAS ESTRELLAS / LOS CORAZONES.

Página 59:
93.

Página 60:
95. Hay 3 grupos.

96. En la tercera posición está Asco y en la cuarta,
Miedo.

Página 63:
100. VALENTINA.

101. La imagen transmite SEGURIDAD.

Otros títulos de la colección

¡Aprender nunca ha sido tan divertido!